Les Grands Classiques de L'HORREUR

Pour Laura

V. M

Les Grands Classiques de L'HORREUR

Adaptés par Altea Villa
Illustrés par Victor Medina

Traduits par Benjamin Kuntzer

Larousse Jeunesse

SOMMAIRE

I

DRACULA

Bram Stoker

Seule une sombre créature est capable de se transformer en un loup, une brume ou une chauve-souris, et de naviguer dans la nuit la plus profonde en quête de ses victimes. Les rayons du soleil lui sont fatals, si bien qu'elle se repose en pleine journée sur un lit de terre, enfermée dans un cercueil au fond d'une crypte, d'une cave, d'une maison abandonnée ou d'un vieux château. Cette créature se nomme « vampire ».

Vous découvrirez ci-après l'histoire terrifiante du plus cruel et du plus tristement célèbre de tous les vampires, le redoutable comte Dracula ; ses effroyables méfaits ont terrorisé l'Europe pendant des siècles, jusqu'à sa rencontre avec un certain homme, à la fin du XIXe siècle.

Cette histoire commence donc par un voyage dans la nuit la plus profonde en direction du château du redoutable comte.

Le jeune Jonathan Harker arriva en Transylvanie à la tombée du jour. Son périple depuis Londres avait été fort long, mais Jonathan était galvanisé par cette première mission à l'étranger que le cabinet d'avocats qui l'employait lui avait confiée. Il avait observé les paysages qu'il avait traversés ; il avait goûté à tous les mets locaux qu'on lui avait proposés dans des auberges ; et il atteignait justement un hôtel petit mais confortable. Après une nuit paisible sur place, il fut temps pour lui de rejoindre le château où son client l'attendait.

– Êtes-vous vraiment obligé de vous y rendre ? lui demandèrent, très agités, les propriétaires de l'établissement.

Quand il leur répliqua qu'il entendait partir sur-le-champ, ils échangèrent un regard terrifié et lui offrirent une petite croix à porter autour du cou.

Le voyage se poursuivit pendant des heures, et le jeune homme n'atteignit le majestueux château que la nuit suivante. L'imposante porte en bois cloutée fut ouverte par un individu grand et mince, doté de longs cheveux et d'une fine moustache, qui tenait une lampe en argent à la main.

– Je vous en prie, monsieur Harker, entrez donc dans ma demeure !

C'était le comte Dracula en personne, qui, ainsi qu'il l'avait annoncé, souhaitait acheter une maison à Londres. Jonathan s'était rendu chez lui pour lui faire signer d'importants documents. Une fois assis, Jonathan avala un dîner copieux auquel le comte ne participa pas ; à la lumière de l'âtre, le jeune homme eut l'occasion de l'observer plus en détail.

Dracula avait un nez crochu aux narines imposantes, un large front ainsi qu'une bouche cruelle aux dents particulièrement pointues. Après lui avoir souhaité une bonne nuit, le comte prit congé et Jonathan passa en effet une nuit paisible.

Le lendemain, cependant, il constata quelques détails étranges : il n'y avait aucun domestique au château ; les plats apparaissaient à la salle à manger et en disparaissaient sans qu'il voie quiconque passer ; en outre, on ne trouvait aucun miroir dans les pièces auxquelles il avait accès. Cela le contraignit à se servir de sa glace à main pour se raser. Il comptait faire disparaître la moindre trace de barbe de son visage quand un souffle froid lui fit dresser les poils des bras. Un murmure survint derrière lui :

– Bonjour !

✠

Le comte avait surgi de nulle part, sans que son reflet n'apparaisse dans le miroir !

De terreur, Jonathan s'était légèrement coupé la joue avec son rasoir. À la vue de la goutte de sang qui s'en écoulait, le comte tendit une main vers lui ; ses yeux semblaient incandescents. Le jeune homme tenta nerveusement de lui échapper, mais lorsque son hôte avisa le crucifix suspendu à son cou, il se détourna avec une moue étrange, mélange de colère et de peur, et annonça à Jonathan qu'il l'attendrait dans la bibliothèque. Les singularités de ce château et de son propriétaire inquiétaient de plus en plus le visiteur, qui décida de surveiller de près le comte Dracula.

Son désarroi fut immense lorsque, cette nuit-là, en observant depuis la tour sud, il vit le comte sortir par la fenêtre de sa chambre et se mouvoir à quatre pattes le long du mur ! À cet instant, il fut certain d'avoir affaire à une créature surnaturelle et d'être son prisonnier. Le désespoir poussa Jonathan à réprimer la peur qui l'envahissait et à arpenter les lieux en quête d'une sortie.

Les fenêtres les plus basses étaient toutes verrouillées, ainsi que la plupart des portes. Il décida alors de pénétrer dans la chambre du comte en descendant par la muraille de la tour. Quand, avec peine, il parvint à l'atteindre, il la trouva vide et couverte de poussière. Une porte donnait sur un couloir en pierre, qui descendait jusqu'à une vieille chapelle. Jonathan s'aventura dans l'une des cryptes et y découvrit le comte. Celui-ci était allongé dans un cercueil rempli de terre ; ses cheveux n'étaient plus blancs, mais noirs, et ses grands yeux étaient rivés sur le plafond. Il paraissait mort, mais, à sa grande horreur, Jonathan eut le sentiment que le comte savait qu'il se trouvait près de lui. Il envisagea de mettre un terme à l'existence de ce monstre, mais des bruits de pas en approche l'en dissuadèrent. Un groupe d'hommes arriva alors et, tandis que Jonathan se cachait, ils refermèrent le cercueil du comte, le scellèrent, puis l'emportèrent dehors pour le charger dans une voiture, où Jonathan repéra plusieurs caisses remplies de terre.

Il profita de la porte restée ouverte pour s'enfuir, se raccrochant à l'espoir de quitter ce lieu de cauchemar.

Retournons en Angleterre pour y rencontrer Mina Murray, une jeune femme ayant tout juste rejoint sa plus proche amie, Lucy, dans sa résidence en bord de mer. Mina voulait profiter de l'absence de Jonathan Harker, son fiancé, pour s'amuser un peu. Quelques jours après son arrivée, un événement atroce ébranla les villageois : l'épave d'un navire fut découverte. Après cette tragédie, aucune trace de l'équipage ne fut retrouvée, à l'exception du capitaine, dont le corps sans vie gisait près du gouvernail. Il tenait à la main un crucifix.

À compter de ce jour, Lucy, qui avait toujours souffert de somnambulisme, se mit à faire des crises de plus en plus graves. Mina essaya de l'aider par tous les moyens possibles, allant même jusqu'à partager sa chambre. Une nuit, en découvrant que Lucy ne se trouvait pas dans son lit, elle se rendit au village pour la retrouver et la découvrit allongée sur un banc.

De loin, elle eut l'impression qu'une sombre silhouette était penchée sur Lucy, mais en se rapprochant Mina se rendit compte que son amie se trouvait seule et endormie. Elle remarqua cependant deux minuscules plaies sanguinolentes au niveau de son cou.

Après avoir ramené son amie chez elle, Mina reçut une terrible nouvelle : son fiancé, Jonathan Harker, avait été hospitalisé à Budapest par suite d'une grave dépression nerveuse ; elle partit immédiatement pour se rendre à son chevet.

Lucy fut laissée aux bons soins d'un médecin, le docteur Seward, mais comme l'état de la jeune femme ne s'arrangea pas et que les blessures à son cou ne semblaient pas guérir, le professeur Van Helsing, célèbre docteur et scientifique, fut mandé. Dès son arrivée, Van Helsing comprit à sa condition et aux piqûres à son cou que Lucy ne souffrait pas d'une maladie.

Il déclara alors au Dr Seward :

– Nous sommes confrontés à un puissant ennemi, doté d'une force peu commune. Les ténèbres l'accompagnent, et nous devons faire tout ce qui est en notre pouvoir pour l'arrêter.

Cette nuit-là, Van Helsing accrocha aux fenêtres de la chambre de Lucy des fleurs d'ail dégageant un entêtant parfum ; les servantes, toutefois, écœurées par l'odeur, jetèrent le tout. Quand le professeur et le docteur retournèrent voir leur patiente au matin, ils la trouvèrent morte. Attristé, le Dr Seward demanda à Van Helsing :

– Qu'a-t-il pu arriver à cette pauvre créature ?

– Qui, dirais-je plutôt, répondit mystérieusement Van Helsing. C'est un vampire : un être obscur se nourrissant exclusivement de sang humain. Il possède la force de vingt hommes et est difficile à vaincre, quoique les crucifix et l'ail puissent le repousser. Un destin terrible attend la pauvre Lucy, qui va elle-même se réveiller vampire. C'est pourquoi, ce soir, nous devrons la libérer d'une atroce manière : en lui enfonçant un pieu dans le cœur. Ce n'est qu'ainsi que nous parviendrons à lui offrir la paix qu'elle mérite.

Quand Mina rentra de Budapest avec Jonathan, désormais devenu son mari, elle apprit, par le Dr Seward et le professeur Van Helsing, la fin tragique de son amie Lucy. Profondément choquée, elle fit le lien avec l'épouvantable expérience de Jonathan au château et comprit qu'une horrible menace pesait désormais sur Londres : le comte Dracula.

– Nous savons déjà où il se trouve, annonça Van Helsing. Dans la maison qu'il a achetée grâce à vous, monsieur Harker. Ce que je ne comprends pas, c'est pourquoi il n'est pas plus faible si loin de sa terre natale, alors qu'il en a besoin pour survivre.

– J'ai vu de grosses caisses remplies de terre être transportées en même temps que son cercueil. Peut-être cela l'aide-t-il à rester fort !

– Voici une nouvelle de la plus grande importance ! s'exclama le professeur. Nous allons devoir entrer chez lui pour bénir cette terre, afin de le priver de sa force. Puis nous le tuerons.

Mina aurait aimé prendre part à cette mission, mais l'inquiétude qu'elle vit dans les yeux de son mari la poussa à attendre chez elle. Armés d'ail, de crucifix et d'eau bénite, les trois hommes pénétrèrent dans la villa où se cachait le comte Dracula. Ils la trouvèrent vide et plongée dans des ténèbres inquiétantes. Lorsqu'ils entrèrent dans la cave, ils repérèrent les caisses pleines de terre dont Jonathan leur avait parlé, mais aucune trace du vampire. À leur retour chez les Harker, une horrible surprise les attendait : le monstre avait pénétré dans la chambre où dormait Mina pour la mordre !

Désespérés, Jonathan, le professeur et le docteur retournèrent à la villa du comte et comprirent qu'elle avait été abandonnée en hâte.

– Il a découvert que nous avions béni sa terre, commenta le professeur.

– Il doit être furieux et prévoit certainement son retour en Transylvanie. Nous devons le traquer et le tuer ; nous ne pouvons le laisser continuer à commettre de tels actes, abonda le docteur. Si Dracula meurt, Mina sera libérée de son influence et ne se transformera pas en vampire.

Emmenant Mina, les trois hommes prirent alors la route des terres du comte ; à leur arrivée en Transylvanie, cependant, ils durent abandonner la jeune femme.

– Jonathan, je sais que c'est difficile à entendre, dit Van Helsing, mais Mina se transforme un peu plus chaque jour. Le comte pourrait lire dans ses pensées pour découvrir ce que nous mijotons et entraver nos projets. Nous devons la laisser dans la sécurité de cette auberge et couvrir le périmètre d'ail et d'eau bénite pour la protéger.

Lorsque cela fut fait, ils prirent la direction du château, qu'ils atteignirent une heure avant l'aube. Malgré leur terreur, tous trois entrèrent et se dirigèrent vers la chapelle, où ils étaient sûrs de trouver le monstre. Et ils le trouvèrent effectivement : ses yeux rouges de démon étaient rivés sur eux et, comme une furie, le vampire les attaqua avec toute sa puissance. Van Helsing, luttant pour résister à son pouvoir, tira un large crucifix de sous son manteau et parvint à repousser l'assaut. Le monstre se retrouva placé juste sous la fenêtre de la chapelle ; le soleil se leva alors, et ses premiers rayons pâles atteignirent le vampire. Piégée par la lumière en dehors de son cercueil, la terrible créature se révéla dans toute sa fureur ; ses dents pointues se mirent à claquer, ses narines se dilatèrent et ses yeux semblèrent brûler de toutes les flammes de l'enfer.

Son corps s'embrasa et, en quelques instants, le monstre se

consuma complètement, jusqu'à ce qu'il ne reste plus de lui qu'un tas de cendres. Jonathan put rentrer auprès de sa bien-aimée Mina ; la menace du comte Dracula avait été annihilée une fois pour toutes !

II

FRANKENSTEIN

Mary Shelley

Le nom d'un scientifique obsédé par la vie et la mort est devenu celui de l'une des créatures les plus terribles et monstrueuses ayant depuis peuplé les cauchemars et les livres. Son corps gigantesque est constitué de morceaux de différents cadavres qui, une fois suturés ensemble, transforment le tout en une montagne de muscles et d'os, dotée d'une peau verdâtre et couverte de cicatrices. Son apparence terrifiante pousse à la fuite quiconque la rencontre, même son créateur – le scientifique ayant joué à donner naissance à un être désespéré et malveillant.

Leurs histoires – celle du scientifique et celle de sa créature – sont inextricablement liées et comptent parmi les plus tristes et les plus terrifiantes jamais écrites. Tout commence dans un lieu glacial et inhospitalier, avec une poursuite où, contre toute attente, le monstre s'avère être celui que l'on pourchasse...

Un navire voguait paisiblement à travers les eaux gelées du pôle. L'équipage observait ce paysage incroyable où la mer rejoignait la glace, et la blancheur environnante manquait d'aveugler ceux qui la contemplaient. Un seul élément perturbait cette vision : un petit traîneau, tracté par des chiens, sur lequel voyageait une forme humanoïde gigantesque.

Des heures après la disparition de ce premier voyageur, un autre traîneau emprunta la même trace ; l'homme qui le dirigeait, pratiquement mort de froid, peinait à en conserver le contrôle. Recueilli par les marins et hissé à bord, l'inconnu se vit offrir des couvertures, du bouillon brûlant et une place près du fourneau.

Dès qu'il fut rétabli, il décida de raconter à l'équipage les événements invraisemblables qui l'avaient conduit en ces lieux si loin de toute civilisation. Il était le premier-né d'une riche famille suisse de Genève. Après avoir grandi dans le cocon de l'affection prodiguée par ses parents, il avait profité de la compagnie d'une incroyable camarade de jeu : une fillette que sa mère avait décidé d'éduquer comme si elle était la sienne. Elle se nommait Elizabeth Lavenza et il comprit, dès le jour de son arrivée, qu'elle l'accompagnerait toute sa vie. Son meilleur ami se nommait Henry Clerval, un garçon vif et intelligent qui prenait plaisir à inventer des poèmes héroïques, plus tard mis en scène avec des costumes médiévaux et des épées en bois.

À l'âge de treize ans, continua-t-il, il se découvrit une passion ardente pour les sciences naturelles qui le mena, après des études privées, à l'université d'Ingolstadt, sous la tutelle du professeur Waldman. Après que sa mère eut succombé à la scarlatine, le jeune homme se lança dans la recherche désespérée d'un moyen de combattre la maladie et la mort. Grâce au professeur, il se passionna pour les études de chimie et commença à fréquenter un laboratoire où les scientifiques utilisaient des technologies de pointe et les appareils les plus sophistiqués.

Le jeune homme se consacra alors corps et âme aux livres et aux expériences, allant jusqu'à inventer des machines incroyables.

Toutefois, son attirance pour la vie et la mort le poussa bientôt vers des études plus avancées concernant le corps humain, les squelettes et les cadavres, afin de déceler l'origine de cette étincelle qui donne lieu à la vie.

À force d'études, d'examens et d'analyses, il réalisa une formidable découverte : comment créer cette étincelle. Afin de présenter son incroyable théorie à la communauté scientifique, il décida de mettre sa trouvaille en pratique en redonnant vie à un animal.

Aveuglé par son obsession, l'étudiant choisit le plus complexe et le plus merveilleux d'entre tous : l'être humain.

L'individu auquel il conférerait la vie serait en tout point magnifique. Il serait gigantesque, bien plus grand que la moyenne, afin de prouver la grandeur de l'entreprise à laquelle le chercheur s'attelait : façonner une toute nouvelle espèce d'êtres, heureux et immortels, parfaits sous tous rapports, dont il serait l'unique créateur !

À ce stade, le jeune scientifique avait déjà perdu contact avec la réalité et se comportait comme un fou, ne pensant plus qu'à sa mission ; il était convaincu de pouvoir redonner la vie à ceux qui l'avaient perdue. Son laboratoire devint sa demeure, les jours et les nuits se succédant sans qu'il sorte jamais de son sombre repaire ; il perdait du poids à vue d'œil, blêmissait de plus en plus ; ses yeux étaient devenus caves et hantés par l'obsession de ses recherches. Il oublia bientôt les autres étudiants, ainsi que les visites à sa famille, avec laquelle il ne communiquait plus que par lettres sporadiques. La moindre distraction était repoussée jusqu'au jour où il aurait enfin accompli son œuvre.

✠

Les mois s'écoulèrent jusqu'à celui, glacial, de novembre. Par une nuit sombre et pluvieuse, et alors que le seul bruit ambiant était celui des gouttes cinglant en rythme les fenêtres du laboratoire, une bougie solitaire éclairait la table sur laquelle un énorme corps sans vie reposait. Le scientifique s'affairait frénétiquement autour avec ses instruments, cependant que les heures passaient et que la chandelle se consumait.

Alors qu'il ne subsistait plus qu'une infime lueur, le scientifique tenta maintes et maintes fois d'insuffler l'étincelle de vie à ce corps jusqu'à ce que, subitement, deux yeux terriblement jaunâtres et humides s'ouvrent et se tournent vers lui, son créateur. En voyant la créature vivante, avec ses lèvres noires et étirées, ses grandes dents blanches et sa peau grisâtre tendue sur un matelas de muscles et d'os, le scientifique ne se réjouit pas : il était horrifié. Était-ce à cela qu'il avait consacré les deux dernières années de son existence ? Était-ce pour cela qu'il avait renoncé à sa santé, à son sommeil ?

Le scientifique s'échappa du laboratoire et trouva refuge dans sa chambre, où il se jeta tout habillé sur son lit et sombra dans un sommeil perturbé par des rêves angoissants. Quand il rouvrit les paupières, il trouva sa sombre et terrible créature penchée sur lui ; le monstre retenait les rideaux de son lit à baldaquin et, les lèvres à demi ouvertes, produisait des sons rauques et effrayants.

Quand il tendit sa main verte en direction du scientifique, celui-ci s'enfuit dans la cour, où il tourna en rond toute la nuit, tremblant d'horreur, conscient d'avoir donné la vie à un être monstrueux.

À l'aube, n'ayant pas le courage de retourner dans sa chambre, il gagna le centre du village. Une diligence venue de Suisse arriva alors ; dès que

les chevaux furent à l'arrêt, les passagers descendirent de voiture. Parmi eux se trouvait Henry Clerval, qui repéra aussitôt son vieil ami.

– Frankenstein ! s'écria-t-il, puisqu'il s'agissait là du nom du savant. Je suis enfin venu te rendre visite après tout ce temps, mais je ne m'attendais certainement pas à ce que tu viennes me chercher !

La vue de son ami d'enfance apporta un grand réconfort au scientifique, qui, en serrant la main à Henry, s'enquit de la santé de son père et d'Elizabeth.

– Ils vont tous les deux très bien, répondit le nouvel arrivant. Mais ton absence prolongée les alarme. En te voyant maintenant, je ne peux qu'exprimer à mon tour mon inquiétude !

– Viens, mon ami ! Je repartirai avec toi ce soir même pour rejoindre mes proches. Viens donc m'aider à faire mes bagages !

Les deux hommes se dirigèrent vers la maison de Frankenstein. Le scientifique éprouva une vive anxiété en franchissant la porte : et si la créature l'attendait dans sa chambre ? La maison, cependant, se révéla déserte, et tous deux s'empressèrent de remplir les valises avant de quitter la ville. À son arrivée dans sa famille, une terrible nouvelle attendait le scientifique, une nouvelle qui éradiqua toute la joie née des retrouvailles avec ses chers parents. William, le plus jeune frère du scientifique, avait été assassiné brutalement. Sa nourrice avait été arrêtée pour ce crime, et ce deuil plongea Frankenstein dans un profond désespoir.

Au cours des funérailles de l'enfant, et alors que le scientifique avait les yeux mouillés de larmes, une sombre silhouette resta plantée parmi les arbres du cimetière ; sa taille et ses traits difformes la rendaient aussitôt reconnaissable. C'était la créature ! Le doute envahit l'esprit du scientifique : l'avait-elle suivi jusqu'ici ? Pis encore : était-elle coupable de la mort atroce de William, au lieu de cette nourrice qui vivait dans sa famille depuis des années ?

Déchiré par le remords, Frankenstein décida de suivre le reste de la famille dans une maison en montagne, où il se reposerait dans l'espoir que l'air frais et les promenades en forêt lui permettent de surmonter ce deuil tragique. Pour évacuer son chagrin, il décida de gravir un sommet ; une fois tout en haut du périlleux glacier, il se trouva nez à nez avec le monstre qu'il avait créé. Et, à sa grande horreur, il découvrit que celui-ci pouvait parler.

– Démon, que veux-tu de moi ? lui demanda le scientifique.

– Seulement une chose, répliqua le monstre. Crée-moi une compagne, et je vous laisserai en paix à jamais, toi et ceux que tu aimes. Sinon, ma vengeance sera terrible.

Terrifié, Frankenstein regagna son laboratoire et se mit à l'ouvrage avec autant d'intensité que la première fois, sans presque dormir ni manger. Ainsi, une seconde créature prit forme sur la grande paillasse. Un soir, se sentant observé, le scientifique leva les yeux vers la fenêtre et surprit le visage monstrueux qui l'épiait avec un sourire de travers sur sa figure effrayante, visiblement satisfait de ce qu'il voyait. Le scientifique comprit alors avec horreur qu'il ne pouvait donner vie à une autre créature comme celle-ci et détruisit aussitôt l'abomination sur laquelle il travaillait, accompagné par les hurlements du monstre, qui assista, impuissant, à la fin de son rêve de bonheur.

✠

Quelques jours plus tard, alors même que son âme était hantée par la malédiction de la créature, Frankenstein se préparait à épouser l'amour de sa vie : la douce Elizabeth. Cependant, il restait accablé par la terreur, au point d'emporter une arme partout où il allait.

Son seul instant de joie véritable eut lieu quand il devint enfin le mari de cette femme qu'il aimait plus que tout. Cependant, il était tourmenté par le fait de savoir la confrontation avec la créature de plus en plus inévitable. Pour cette raison, au soir de son mariage, il demanda à son épouse de patienter dans la chambre nuptiale, tandis qu'il demeurait au rez-de-chaussée pour attendre le monstre qu'il sentait approcher. C'est alors qu'un hurlement terrible s'éleva depuis la chambre...

Quand Frankenstein y pénétra en trombe, le corps sans vie de sa bien-aimée gisait sur le lit. Dès lors, rien n'importait plus à ses yeux, hormis la destruction du monstre auquel il avait donné vie.

✠

Ainsi s'acheva la douloureuse et incroyable histoire que Frankenstein raconta aux marins. Cependant, il était à présent trop faible et s'éteignit sur la couchette du navire un peu plus tard. Le capitaine du bâtiment, en entrant dans la cabine quelques heures après qu'elle eut été fermée, vit une silhouette gigantesque penchée sur le corps du scientifique. En se retournant, la créature révéla son visage difforme et effroyable et dit :

– Durant toute ma cruelle existence, je n'ai fait que chercher l'amour et l'attention, mais je n'ai obtenu que haine et terreur. Pour cette raison, j'ai tué et massacré des innocents, et je me suis rendu coupable des pires atrocités ! Mais à présent, face au corps sans vie de mon créateur, l'heure est venue de mettre un terme à mon existence, si je puis l'appeler ainsi. Je trouverai refuge sur une plaque de banquise où je m'immolerai par le feu, afin que mes cendres puissent rejoindre le ciel et les vagues et que je trouve enfin la paix.

Sur ces mots, le monstre s'échappa du navire et dériva sur un gros morceau de glace qui flottait sur la mer, jusqu'à disparaître aux regards.

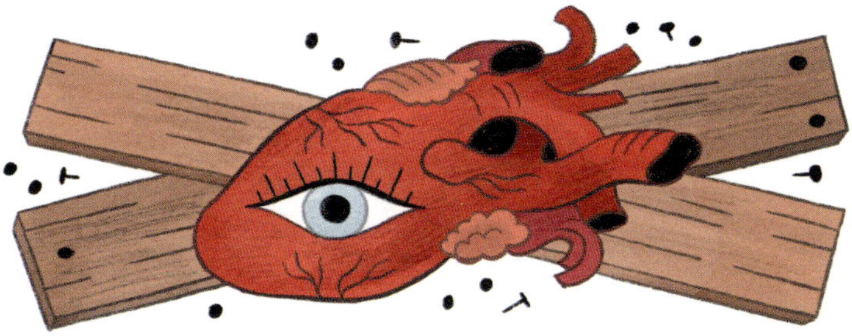

III

LE CŒUR RÉVÉLATEUR

Edgar Allan Poe

Un simple œil humain peut-il servir d'inspiration à une histoire effrayante ? Même si cela peut paraître étrange, la réponse est oui. Quand un œil est inquiétant, si inquiétant qu'il devient une véritable obsession pour quiconque le regarde, un flot de paroles de plus en plus terribles déferle pour créer une histoire glaçante qui ne conviendra qu'aux lecteurs les plus intrépides.

Oserez-vous vous aventurer au-delà des quelques premières lignes de ce récit pour tout découvrir de ce terrible œil de vautour ? Prenez garde, car une autre partie du corps bouleversera beaucoup notre protagoniste. Mais peut-être aurez-vous deviné à laquelle je fais référence rien qu'en lisant le titre de cette histoire...

✠

Un homme vivait avec un vieux monsieur dans une maison de ville. Nous ignorons s'ils étaient amis ou parents, et savons simplement qu'ils habitaient sous le même toit. Ils entretenaient une relation polie et agréable, et leur existence était des plus paisibles. Du moins en apparence.

Un jour, le plus jeune des deux remarqua un détail inquiétant chez le plus âgé. Ça n'avait rien à voir avec sa personnalité ou son comportement ; il s'agissait d'une caractéristique physique portant, précisément,

sur l'un de ses yeux. Celui-ci, d'un bleu clair presque transparent, avait une tache en son cœur ; le jeune homme lui trouvait des ressemblances avec celui d'un vautour cruel. Après l'avoir remarqué pour la première fois, il se retrouva incapable de penser à autre chose.

Quand cet œil se posait sur lui, le sang semblait se figer dans ses veines et un frisson le parcourait de la tête aux pieds. La terreur d'être observé devint pour lui une véritable obsession ; dès lors, il ne put plus faire autre chose que surveiller les faits et gestes du vieux monsieur, tout en continuant de le traiter avec une extrême gentillesse.

Les jours s'écoulèrent, pleins de tension, sans que l'homme songe un instant qu'il avait pu devenir fou. Au contraire, il se convainquit d'être parfaitement sain d'esprit et qu'il n'existait qu'un moyen de se débarrasser de cette redoutable obsession : éteindre à jamais l'œil de vautour du vieux monsieur. Après avoir pris cette décision tragique, l'homme commença à traiter son compagnon mieux que jamais ; dans son esprit, cependant, un plan terrible avait pris racine.

Au cours de la nuit, l'homme s'approcha de la chambre du vieux monsieur.

Il avança à pas de velours pour ne pas courir le risque de réveiller le vieillard et entrouvrit juste assez sa porte pour passer la tête à l'intérieur. Cela lui prit plusieurs

minutes, et bien davantage encore après que sa tête eut franchi l'encadrement. La respiration du dormeur était tranquille et régulière. Après un long moment, l'homme décida d'allumer une lanterne, tout aussi prudemment.

Quand un léger rai de lumière éclaira enfin les lieux, l'homme le dirigea vers la silhouette étendue sur le lit – le vieux monsieur, les paupières closes, ne pouvait rien y voir, et encore moins l'observer en retour. Pourtant, à cet instant, l'homme se rendit compte qu'il n'avait pas en lui la force nécessaire pour commettre l'acte sinistre qu'il avait planifié. Pendant sept jours, à minuit, l'homme répéta les mêmes actes sans parvenir à aller plus loin, empêché par l'allure sereine du vieux monsieur.

Le huitième soir, il s'approcha de la chambre avec précaution, mais fut distrait par une pensée subite – le vieux monsieur endormi ne se doutait certainement pas qu'il était ainsi épié chaque nuit ! Cette étrange réflexion le fit pouffer malgré lui, alors qu'il se trouvait déjà à la porte. Peut-être ce rire réprimé réveilla-t-il le vieux monsieur, qui, bouleversé, s'écria, le souffle court :

– Qui est-ce ? Qui va là ?

Cependant, l'homme plus jeune ne bougea pas d'un pouce, sachant que l'autre ne pourrait jamais le voir, la chambre se trouvant plongée dans des ténèbres absolues.

Après une longue attente, l'homme décida de n'allumer qu'un infime faisceau de la lanterne qu'il portait et le braqua sur le vieux monsieur. À son immense horreur, la lumière révéla le terrible œil de vautour, grand ouvert. Dans le même temps, il lui sembla bien entendre le cœur du vieux monsieur battre puissamment dans sa poitrine à cause de l'horreur de la scène. Ce martèlement rapide et puissant ne cessait de retentir, et l'homme finit par perdre son sang-froid ; il attaqua le vieux monsieur avec férocité, jusqu'à ce que le bruit du cœur s'amenuise, avant de s'arrêter totalement.

Quand il posa la main sur la poitrine du vieux monsieur, l'homme comprit qu'il était mort et ne pourrait plus jamais diriger vers lui son œil pâle. Il souleva alors trois longues lattes du plancher, dissimula le corps du vieux monsieur en dessous, puis recouvrit l'ensemble de sorte que personne ne le retrouve jamais.

Dès qu'il eut terminé, cependant, quelqu'un frappa à la porte de la maison. Bien qu'il fût quatre heures du matin, deux policiers se trouvaient à l'huis : un voisin ayant entendu un cri les avait alertés. Sans se départir de son calme, l'homme les invita à entrer avec un grand sourire. Il déclara qu'il avait lui-même poussé ce cri à cause d'un cauchemar et que le vieux monsieur qui vivait avec lui était actuellement en voyage. Puis il leur montra les différentes pièces de la maison, jusqu'à se retrouver dans celle où le crime avait été commis. Il leur offrit deux chaises afin qu'ils puissent se reposer, et positionna la sienne sur les lattes qui dissimulaient le cadavre.

Tous trois commencèrent à bavarder gaiement, et l'homme était de plus en plus confiant et fier d'avoir ainsi dupé la police. Soudain, pourtant, il blêmit et se couvrit de sueur, et sa tête commença à lui faire mal. Il peinait à répondre aux questions des agents et ne parvenait plus à converser avec la même énergie. Un bruit résonnait dans la chambre, quoique les policiers ne semblassent pas s'en rendre compte.

Ce bruit répétitif, proche du battement de cœur, lui paraissait de plus en plus sonore, provoquant un véritable bouleversement sous son crâne. Celui-ci se leva et se mit à parler de plus en plus fort dans l'espoir de couvrir ces battements de cœur, puis il saisit sa chaise et se mit à la traîner d'un bout à l'autre de la pièce, produisant un grand vacarme. Cela ne suffit toutefois pas à réduire au

silence ce bruit obsédant et répétitif, qui s'accroissait encore.

Comment les deux policiers pouvaient-ils ne rien remarquer ? Ils continuaient à plaisanter et à sourire avec insouciance, mais l'homme était convaincu qu'ils se moquaient de lui, qu'ils avaient parfaitement entendu ces détestables battements de cœur et qu'ils se jouaient de lui en faisant mine du contraire. Il s'exclama alors :

– Assez, assez, arrêtez de faire semblant ! Je reconnais mon crime : son cœur, son terrible cœur repose sous ce plancher !

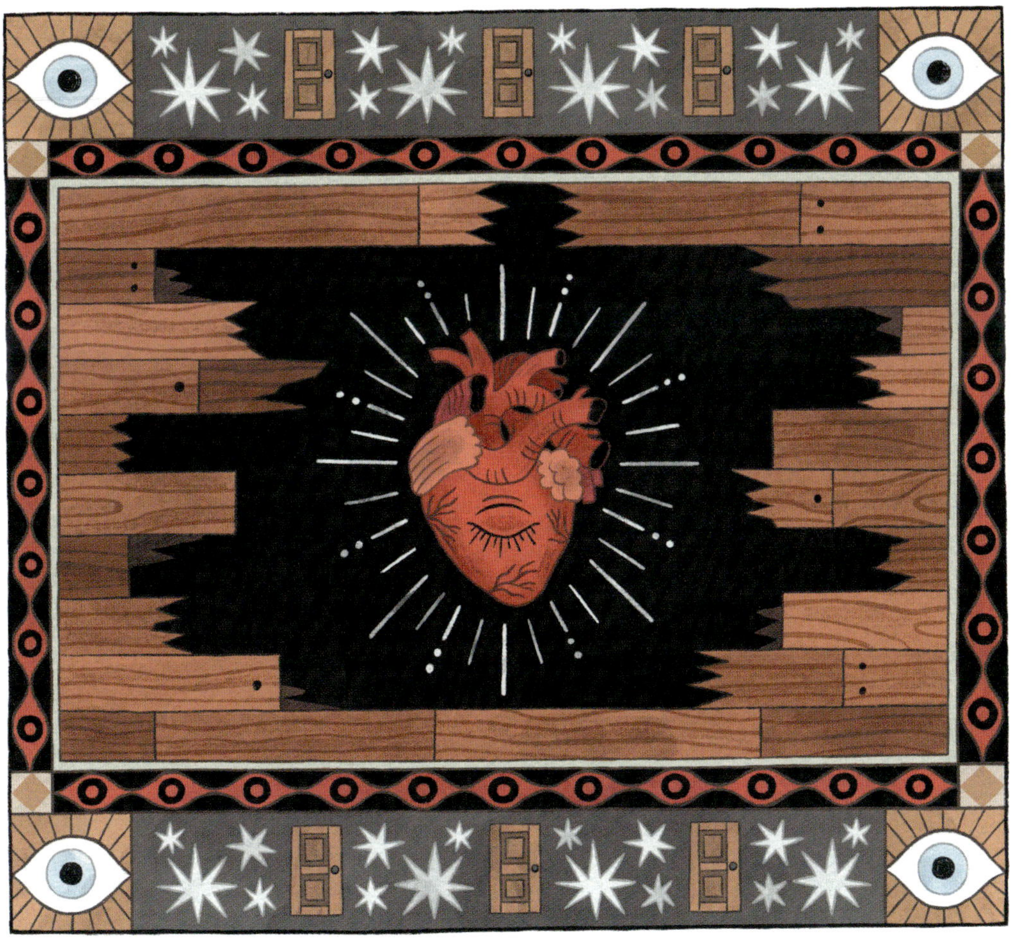

Science
A
B
C

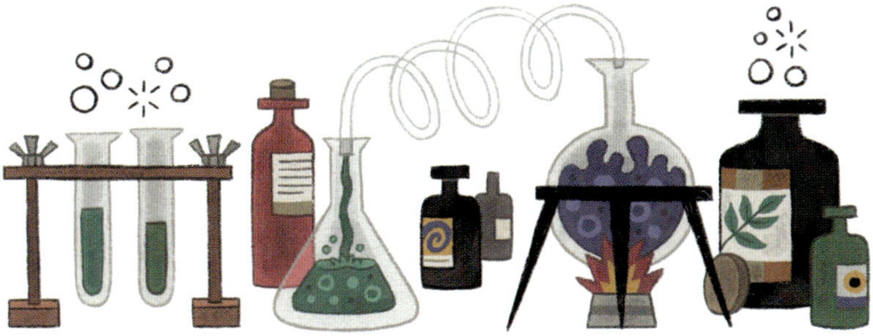

IV

L'ÉTRANGE CAS DU DR JEKYLL ET DE M. HYDE

Robert Louis Stevenson

Un homme mauvais et mystérieux erre de nuit dans les rues de Londres – le croiser représente un grave danger ! Toutefois, la curiosité nous pousse à vouloir en apprendre plus sur son histoire. Pour cela, il faut avoir le courage de le suivre à la trace alors qu'il sort du brouillard et de l'obscurité, avant d'y retourner après avoir commis ses actes terribles et impardonnables.

Petit avertissement : lisez attentivement cette histoire, mais ne vous approchez pas trop. Mieux vaut ne pas vous faire remarquer par le redoutable méchant de ce récit !

Tout d'abord, il convient de rencontrer le principal témoin de cette sombre affaire. Commençons donc par lui !

✠

M. Utterson était un homme jovial ne manquant pas d'amis. Un jour qu'il se promenait avec l'un d'eux dans les rues de Londres, il se retrouva devant une maison dotée d'une vieille porte.

– Vous savez, disait celui qui l'accompagnait, une chose très étrange m'est arrivée juste ici ! Je marchais dans cette rue tard le soir quand j'ai vu devant moi une petite fille qui s'empressait de rentrer chez elle. Un homme petit et voûté s'est approché d'elle et, non content de l'empêcher de passer, il l'a piétinée après l'avoir jetée par terre ! Je me suis aussitôt lancé à ses trousses. Quand je l'ai rattrapé, je l'ai traîné jusqu'à la scène de son méfait, où la famille de la fillette s'était depuis réunie. Malgré sa grande peur, elle était heureusement en bonne santé.

Utterson l'écoutait, incrédule.

– Que s'est-il passé ensuite ?

– Ce sombre individu a failli se faire attaquer par ces gens en colère, et il a été convenu avec les parents de les dédommager financièrement. Il a ensuite ouvert cette même porte avec une clef, avant de ressortir avec cinq livres.

Utterson, troublé, lui demanda à quoi ressemblait ce sombre individu, mais ne reçut en retour qu'une description très vague.

– Il semblait légèrement difforme, mais je ne saurais dire comment... En revanche, je me souviens très bien de ses petits yeux mauvais.

Enfin, il révéla le nom de ce monstre : Hyde. De retour chez lui, M. Utterson, qui était avocat, décida de relire le testament que l'un de ses chers amis, le Dr Jekyll, lui avait confié.

– C'est bien ce qui me semblait ! s'exclama-t-il. À sa mort, le docteur

a décidé de léguer tous ses biens à Edward Hyde.

Pourquoi son cher ami aurait-il choisi un individu si mauvais et mystérieux comme héritier ? L'inquiétude poussa M. Utterson à rendre visite au Dr Lanyon, lui aussi ami du Dr Jekyll, mais l'homme affirma n'avoir jamais entendu parler de ce dénommé Hyde. N'arrivant toujours pas à trouver la paix, l'avocat décida néanmoins d'aller surveiller la porte que ce Hyde avait empruntée. Au bout de quelques jours, par une nuit claire, sa patience fut récompensée par l'apparition d'une silhouette voûtée dans la rue.

– Vous êtes monsieur Hyde, n'est-ce pas ?

L'autre lui demanda comment il le savait.

– Nous avons un ami commun, le Dr Jekyll, qui m'a parlé de vous.

– Jekyll ne vous a jamais parlé de moi ! s'exclama Hyde d'un ton sévère. Et de toute manière, vous ne le trouverez pas ici.

Utterson s'en alla avec un profond sentiment de malaise ; il émanait de cet homme une chose très étrange inspirant le dégoût, mais il n'aurait su dire exactement quoi. Utterson décida donc d'aller directement s'entretenir avec Jekyll, mais son majordome l'informa que le docteur ne se trouvait pas chez lui. Quelques semaines plus tard, une invitation à dîner inattendue lui fut envoyée par Jekyll en personne ; à cette occasion, Utterson ne put s'empêcher de lui faire part de ses craintes.

– Mon cher Jekyll, lui dit-il, j'aimerais vous entretenir de votre testament. Voyez-vous, j'ai découvert une information choquante au sujet de votre ami Hyde. Êtes-vous certain de vouloir lui léguer tous vos biens ?

En entendant ces mots, le visage souriant du docteur blêmit.

– Mon ami, vous ne comprenez pas… Je me trouve dans une situation grave et délicate, dont je ne puis vous parler. Mais vous devez me faire confiance : je pourrais me débarrasser de ce Hyde à tout moment !

✠

Après cette soirée, plus d'une année s'écoula avant qu'un crime atroce soit commis en ville. On retrouva dans la poche de la victime, sir Danvers Carew, une lettre adressée à M. Utterson. L'avocat en fut surpris, et un frisson le parcourut lorsqu'on lui révéla que l'assassin présumé était un certain M. Hyde.

Utterson décida de retourner voir son ami Jekyll, qu'il découvrit blême et effrayé – il avait déjà été informé de la nouvelle !

– Jekyll, soyez honnête : abritez-vous un assassin ? lui demanda l'avocat.

– Non, je ne veux rien savoir de plus sur cet individu. Regardez, il m'a écrit un message ; il est déjà loin d'ici.

Sur ce, Jekyll tendit à son ami une courte lettre dans une écriture étrange, dans laquelle Edward Hyde déclarait avoir fui à l'étranger. Utterson conserva le pli et, le soir même, le montra en toute discrétion à son secrétaire, M. Guest. Celui-ci était expert en graphologie.

Guest commença à analyser ces quelques lignes avant de les comparer avec une invitation remise par le Dr Jekyll. Fait très étonnant : les deux écritures étaient identiques, même si l'inclinaison des lettres était inverse. Utterson sentit son sang se figer. Son cher ami Jekyll était-il allé jusqu'à contrefaire l'écriture d'un assassin dans le but de le protéger ?

Si tel était le cas, l'intervention de Jekyll avait fonctionné, car, pendant un long moment, plus aucune trace d'Edward Hyde ne fut trouvée. Le Dr Jekyll, en revanche, se retranchait de plus en plus souvent chez lui, refusant même de voir ses plus proches amis.

Utterson, pour sa part, ne pouvait s'empêcher de penser à son ami Jekyll, jusqu'au jour où il l'aperçut à la fenêtre, en train de contempler la rue avec une expression de grande détresse.

Cette attitude étrange perturba profondément l'avocat, dont l'inquiétude s'accrut la semaine suivante, quand le fidèle majordome du Dr Jekyll, Poole, vint lui rendre visite. Celui-ci s'inquiétait pour son employeur : le majordome craignait que Jekyll ait été tué et qu'un imposteur ait pris sa place. Depuis des jours, l'homme, qui s'était enfermé dans le laboratoire, lui faisait passer des messages demandant des médicaments rares et des substances mystérieuses. Enfin, le majordome confessa à l'avocat :

– Un jour, j'ai vu cet homme : ce n'était pas le docteur ! Ce dernier est grand, alors que cet homme-là était petit, difforme et voûté... c'était M. Hyde !

Utterson décida d'en avoir le cœur net, et, accompagné du majordome, alla frapper à la porte du laboratoire.

– Jekyll, j'exige de vous voir ! s'écria-t-il.

– Non, je vous en prie, laissez-moi ! hurla-t-on à l'intérieur.

Pourtant, la voix n'appartenait certainement pas à son cher ami : c'était le timbre perçant du monstrueux Edward Hyde !

Utterson et Poole joignirent leurs forces pour enfoncer la porte, qui finit par céder. Quand ils pénétrèrent dans la pièce éclairée à la bougie, ils ne virent qu'une forme recroquevillée sur le tapis. Dès qu'ils s'agenouillèrent près d'elle, ils reconnurent le corps de Hyde, qui s'était empoisonné !

Sur une table, ils découvrirent une lettre adressée à Utterson, dans laquelle Jekyll le priait de lire sa confession.

« J'ai toujours su qu'une vie bien remplie et pleine de succès m'attendait. Malgré cela, je sentais au fond de moi que ma nature était double : l'intention de vivre correctement s'accompagnait du désir de commettre des crimes. Grâce à une succession d'expériences, j'ai réussi à concevoir une formule que j'ai décidé, avec beaucoup de courage, d'essayer sur moi. Dès que je l'ai bu, le liquide m'a provoqué une immense douleur ! Quand celle-ci s'est enfin estompée, je me je me suis senti très différent. Et en me regardant dans le miroir, j'ai eu le sentiment d'être incroyablement libre. Je pouvais m'aventurer en ville et commettre mes méfaits, puis revenir au laboratoire et boire cette solution qui me retransformerait en Henry Jekyll.

Pendant longtemps, j'ai laissé celui que j'ai nommé Edward Hyde envahir mes nuits, avant de redevenir un estimé docteur de jour. Par un terrible matin, cependant, ce n'est pas ma main que j'ai vue posée sur les draps à mon réveil, mais celle de Hyde : je m'étais transformé pendant mon sommeil ! Après être redevenu Henry Jekyll, j'ai décidé d'abandonner le mal pour de bon. J'ai tenu parole pendant deux mois, mais, en fin de compte, j'ai fini par reprendre de la potion, et Hyde a rejailli, fou de rage. C'était la nuit où ce terrible crime contre Carew a été perpétré. Qu'étais-je supposé faire, désormais ? À compter de l'instant où je suis rentré chez moi, je me suis enfermé dans mon laboratoire pour ne plus jamais en sortir. À l'intérieur de moi, Hyde était furieux ; son désir de faire le mal était tel qu'il causait ma transformation subite dès que je m'endormais. J'ai continué à fabriquer et à boire de la potion jusqu'à me retrouver à court d'ingrédients...

Dès lors, la seule solution est de dire à jamais au revoir à la vie du malheureux Henry Jekyll. »

V

LE PORTRAIT DE DORIAN GRAY

Oscar Wilde

La vanité peut se révéler très dangereuse ; souhaiter toujours rester jeune et beau, ne jamais vieillir ni voir son visage marqué par des rides ou autres signes d'âge, peut avoir de terribles conséquences. Qu'arriverait-il si ce souhait contre nature se voyait subitement exaucé ? Qu'arrive-t-il au protagoniste de ce récit, qui adorait sa beauté et sa jeunesse plus que tout au monde ?

Vous êtes sur le point de le découvrir, en lisant une incroyable histoire qui explique comment l'amour de sa propre apparence peut conduire à la perte de toute bonté et de toute humanité, jusqu'à une fin sinistre et spectaculaire. Nous nous trouvons à Londres, et nous sommes sur le point de rencontrer Dorian Gray...

✠

Par un chaud après-midi de printemps, dans la ville de Londres, un noble monsieur nommé lord Henry Wotton était assis dans le salon d'un peintre de renom, Basil Hallward. Lord Wotton observait son ami, concentré sur sa toile en cours.

– Mon cher Basil, je ne vous avais encore jamais vu si affairé. Sur quoi travaillez-vous ? lui demanda-t-il.

– Sur un portrait, Henry. Celui d'un magnifique jeune homme.

Lord Wotton se leva alors pour venir admirer l'œuvre.

– Je ne peux que le reconnaître : c'est un portrait incroyable ! Accepteriez-vous de me le vendre ?

– Bien sûr que non ! protesta le peintre. J'ai mis une bien trop grande partie de mon âme sur cette toile.

En entendant ces mots, Henry sembla amusé.

– Comme c'est étrange ! Quel genre de peintre refuse de partager son travail ? Promettez-moi au moins de me présenter votre modèle. Comment s'appelle-t-il ?

– Son nom est Dorian Gray ; c'est un beau et doux jeune homme de dix-sept ans. Mais je ne crois pas que je vous laisserai le rencontrer : vous auriez une mauvaise influence sur lui, avec votre caractère.

À cet instant, le majordome entra dans la pièce pour annoncer l'arrivée du jeune Dorian Gray.

– Formidable ! s'exclama Henry. À présent, vous n'avez plus d'autre choix que de me le présenter !

La rencontre eut lieu dans le jardin. Le garçon fut immédiatement attiré par l'élégance et l'éloquence de lord Henry Wotton, et il le supplia de rester pendant qu'il poserait pour Basil. Dorian s'installa devant le chevalet de l'artiste, tandis que Henry observait les mouvements du pinceau reproduisant les traits splendides du jeune homme.

– Quel magnifique modèle, et quel ravissant portrait ! Qu'il est

dommage que...

– Dommage, lord Wotton ? Que voulez-vous dire ? s'inquiéta Dorian.

– Cette toile, mon cher garçon, fige votre beauté et votre jeunesse à jamais. Mais lorsque la peinture sera sèche, vous aurez déjà vieilli de quelques jours, quelques semaines. Telle est la cruauté de la nature !

Dorian fut frappé par ces paroles ; blême et tremblant, il s'exclama alors d'une voix forte :

– Je donnerais tout, même mon âme, pour que cela ne se produise jamais, pour que je ne vieillisse pas mais reste tel que sur cette toile !

– Allons, ne dites pas de sottises ! le réprimanda Basil, et le peintre put reprendre son œuvre.

Dans les jours qui suivirent, le portrait de Dorian lui fut livré dans un superbe cadre doré. Dorian le suspendit dans son salon, mais le contempla avec agacement en songeant : *Je suis déjà plus âgé que lui !*

Un jour, Dorian rejoignit lord Wotton dans son bureau pour lui faire part d'un secret.

– Mon ami, je suis amoureux, annonça-t-il en rougissant.

Amusé, Henry voulut immédiatement tout savoir de l'heureuse élue.

– Elle s'appelle Sybil Vane, et c'est la créature la plus douce qu'il existe en ce monde. Je l'ai vue au théâtre. C'est une comédienne, une fabuleuse et incroyable comédienne ! Je lui demanderai de m'épouser et ferai d'elle la reine des planches.

Basil apprit bientôt la nouvelle à son tour, et les deux amis eurent l'impression que le jeune homme exagérait dans l'expression de ses sentiments. Ainsi, quand ils apprirent qu'il avait demandé sa main à la comédienne, ils voulurent la rencontrer à leur tour et assister à l'une de ses représentations.

Tremblant d'excitation, Dorian les emmena dans un théâtre miteux. Quand les protagonistes montèrent sur scène, tout le monde fut frappé par la beauté et la fraîcheur de Sybil. Mais lorsqu'elle commença son interprétation, la gêne les empêcha de formuler le moindre commentaire. Quoique resplendissante, Sybil récitait ses répliques sans âme ni passion, mécaniquement. Même Dorian le constata et, légèrement honteux des louanges qu'il lui avait décernées, il fut bien incapable d'expliquer cette piteuse prestation.

Basil et Henry le laissèrent seul, et Dorian attendit la fin du spectacle pour retrouver Sybil dans sa loge. Quand elle l'aperçut, elle l'invita à entrer en l'appelant son « prince charmant ».

Dorian, cependant, la toisa froidement.

– Ta performance du jour était indigne des pires actrices. Que s'est-il passé ? J'aurais fait de toi une star, mais à présent je ne peux même plus te regarder. Oublie-moi, au revoir.

Et alors que Sybil hurlait son désespoir, Dorian quitta le théâtre pour rentrer chez lui. De retour dans son salon, il posa les yeux sur son propre portrait : la courbure de sa bouche, naguère élégante et parfaite, révélait désormais des rides cruelles.

Effrayé, Dorian se leva et s'approcha de la toile pour l'étudier de plus près. Ce n'était pas une illusion : la peinture avait bel et bien changé, son expression paraissait plus sinistre et mauvaise ! Choqué par cette vision, Dorian recouvrit l'œuvre d'un large tissu rouge.

✠

Les années passèrent, et Dorian Gray ne sembla jamais vieillir. Vingt ans, trente ans, trente-huit : à la stupéfaction générale, sa beauté demeurait inchangée. Dans son élégante demeure, au milieu d'une pièce sombre et poussiéreuse remplie d'objets de valeur, le tableau restait couvert de son tissu rouge. Au fil des années, son portrait peint avait vieilli et était transformé par la cruauté de ses terribles méfaits. À présent, ses traits délicats étaient devenus monstrueux :

ses rides, ses cheveux épars et sa peau grisâtre lui conféraient des allures de créature de cauchemar.

Un soir, en rentrant de dîner, Dorian croisa Basil, qu'il n'avait plus vu depuis longtemps.

– Dorian ! Il faut absolument que je vous parle. J'ai eu vent d'actes horribles que vous auriez commis. Pitié, dites-moi que ce ne sont que des rumeurs, que rien de tout ceci n'est vrai, et je pourrai rentrer paisiblement chez moi.

En entendant ces paroles, Dorian entra dans une fureur noire.

– Peut-être voulez-vous voir mon âme ? Suivez-moi, je vous la montrerai avec plaisir !

Sans un mot, Basil accompagna Dorian à l'étage, où celui-ci ouvrit les nombreux cadenas qui verrouillaient la porte de sa chambre secrète. Une fois à l'intérieur, à la lumière d'une lampe, le portrait fut révélé.

Lorsqu'il aperçut cette horreur, Basil blêmit et son front se couvrit aussitôt de sueur : il n'en croyait pas ses yeux !

Cependant que Basil se désespérait devant le portrait, Dorian s'approcha de lui par-derrière et le poignarda.

Basil n'eut aucune chance !

Le lendemain, Dorian fit disparaître le corps de son ami, afin que son crime ne soit jamais révélé. Il s'estima sauvé, mais à quel coût ? Il comprit peu à peu qu'il souhaitait purifier son âme, devenir bon. Il ressassa inlassablement tous les méfaits commis durant son existence, la peine que ses actes avaient pu provoquer. Le désir de se racheter était tel qu'il décida un jour de retourner dans sa chambre secrète pour voir si le portrait avait changé en quoi que ce soit.

Quand il pénétra dans la pièce froide et retira le drap du portrait, il constata que les choses n'avaient pas évolué dans le bon sens : ses yeux et ses lèvres étaient encore plus mauvais et cruels qu'avant. Horrifié, il avisa alors le couteau avec lequel il avait tué son ami peintre.

Je dois finir ce que j'ai commencé, se dit-il. *Après avoir éliminé le créateur, je dois aussi détruire son œuvre.*

Brandissant son arme, il se rua sur la toile pour la lacérer. Un hurlement à vous glacer les sangs retentit dans toute la maison. Un agent de police qui passait dans la rue accourut à la porte ; le majordome le fit entrer et le suivit dans l'escalier, jusqu'à la pièce d'où avait jailli le cri. Toutefois, pour pénétrer dans cette chambre cadenassée, ils durent descendre depuis le toit et briser les fenêtres.

Une fois à l'intérieur, ils furent frappés d'une horrible vision. Devant une magnifique toile du jeune Dorian Gray, un vieil homme défiguré gisait, mort. Grâce aux vêtements et aux bagues qu'il portait, celui-ci fut identifié comme le maître de maison !

Lot № 249

VI
LA MOMIE

Arthur Conan Doyle

Que pourrait-il arriver dans une vieille et célèbre université anglaise, où les étudiants passent leur temps entre les cours magistraux, la bibliothèque et leurs lourds ouvrages ? Ne sous-estimez jamais un environnement apparemment tranquille et presque ennuyeux...

Vous pourriez y croiser des créatures mystérieuses et dangereuses nées de sorts anciens et mortels. Dans ce cas, il nous faudrait trouver quelqu'un d'assez courageux pour les affronter.

Souhaitez-vous continuer à explorer ces sombres feuillets pour tout découvrir des événements terrifiants survenus lors d'un printemps paisible, il y a bien des années de cela ?

✠

En 1884, trois jeunes hommes étudiaient à l'université d'Oxford : Abercrombie Smith, Edward Bellingham et William Monkhouse Lee.

Smith était un étudiant en médecine plutôt doué ; un soir, il lisait paisiblement dans sa chambre lorsqu'il entendit, venu d'en bas, un cri perçant à vous retourner les sangs. Smith se leva d'un bond et, une fois sa porte ouverte, se retrouva nez à nez avec Lee.

– Vite, suis-moi, Bellingham est malade !

Les deux garçons entrèrent dans la chambre du troisième. Les murs étaient couverts de trouvailles en provenance de l'Égypte antique : statues, peintures ou papyrus. Sur une large table jonchée de carnets et de palmes séchées, un long sarcophage ouvert était magnifiquement exposé. À l'intérieur reposait une horrible momie, aussi noire et flétrie qu'un tronc carbonisé, dont la main semblable à une serre reposait sur le bord du cercueil en bois. Devant la table, assis dans un vieux fauteuil, se trouvait le propriétaire de ce cabinet de curiosités, immobile, le visage en eau, les paupières closes.

– Qu'est-ce qui a pu l'effrayer à ce point ? s'étonna Smith.

– La momie. Ce n'est pas la première fois qu'elle le terrifie. L'année dernière déjà...

Mais Lee n'acheva pas son histoire, car Bellingham se réveilla.

– Que s'est-il passé ? Que faites-vous ici ? furent ses premiers mots.

– Tu as crié comme un fou, Edward ! Nous sommes venus t'aider.

– Oh, merci, mais il était inutile de descendre me voir...

Bellingham se leva et se saisit précipitemment d'un papyrus jauni, qu'il plaça dans un tiroir avant de verrouiller celui-ci.

Smith s'approcha du cadavre noir et ratatiné ; il remarqua les petits yeux sur la peau tendue de la figure, ainsi que deux dents pointues, pareilles à des incisives de souris, émergeant de sous les lèvres.

Après cette nuit-là, Bellingham se mit à rendre visite régulièrement à son voisin du dessus, mais Smith se rendit vite compte que, sous les dehors de grande culture et d'intelligence de l'autre étudiant, poussait une graine de folie. Un jour, une chose très inhabituelle se produisit : Bellingham se trouvait dans la chambre de Smith et lui racontait avoir fouillé une tombe égyptienne quand Smith entendit distinctement la porte du rez-de-chaussée s'ouvrir et se refermer aussitôt. Il le signala à son visiteur, qui blêmit et regagna sa chambre en courant après avoir inventé une piètre excuse :

– Pardonne-moi, Smith, c'était… c'était mon chien ! Je dois filer.

Ce comportement troubla Smith, qui décida de ne plus fréquenter son collègue égyptologue. Un jour, quelques semaines plus tard, Smith croisa Lee, qui l'invita à prendre le thé.

– Smith, je vais te demander de m'écouter et de me faire confiance. Quitte cette tour au plus vite : tu cours un grave danger. Bellingham n'est pas un voisin fréquentable.

L'étudiant en médecine demanda davantage d'explications, mais Lee répondit simplement qu'il était tenu par un serment solennel et ne pouvait que le mettre en garde.

✠

Quelques jours plus tard, Smith se rendit compte qu'il avait en sa possession un livre appartenant à Bellingham et décida de le lui rendre ; après avoir frappé à sa porte sans recevoir de réponse, il s'aperçu que celle-ci était légèrement entrebâillée et entra pour déposer l'ouvrage sur la table. Le sarcophage était debout, appuyé contre le mur.

Smith ressortit de la chambre et descendit l'escalier. Il sentit alors un frôlement contre son coude, comme une présence, mais ne vit rien autour de lui. Une fois en dehors de la tour, il fut rejoint par un ami.

– Vite, Smith ! Lee est tombé dans la rivière et a failli se noyer !

Smith suivit son ami et trouva Lee, détrempé et inconscient ; après de longs efforts, il parvint à le ranimer.

– Que s'est-il passé, Lee ? demanda-t-il. Tu es tombé ?

– Non, quelque chose m'a soulevé comme si j'étais léger comme une plume et m'a jeté dans l'eau, répliqua-t-il.

– Je sais de quoi il s'agit, affirma Smith d'un ton résolu avant de retourner vers la tour, fou de colère. Là, il retrouva Bellingham, un sourire cruel aux lèvres, qui lui demanda comment allait le pauvre Lee.

– Arrête de mentir, Bellingham. Si on retrouve un mort à l'université, je saurai que ta magie égyptienne est à l'oeuvre.

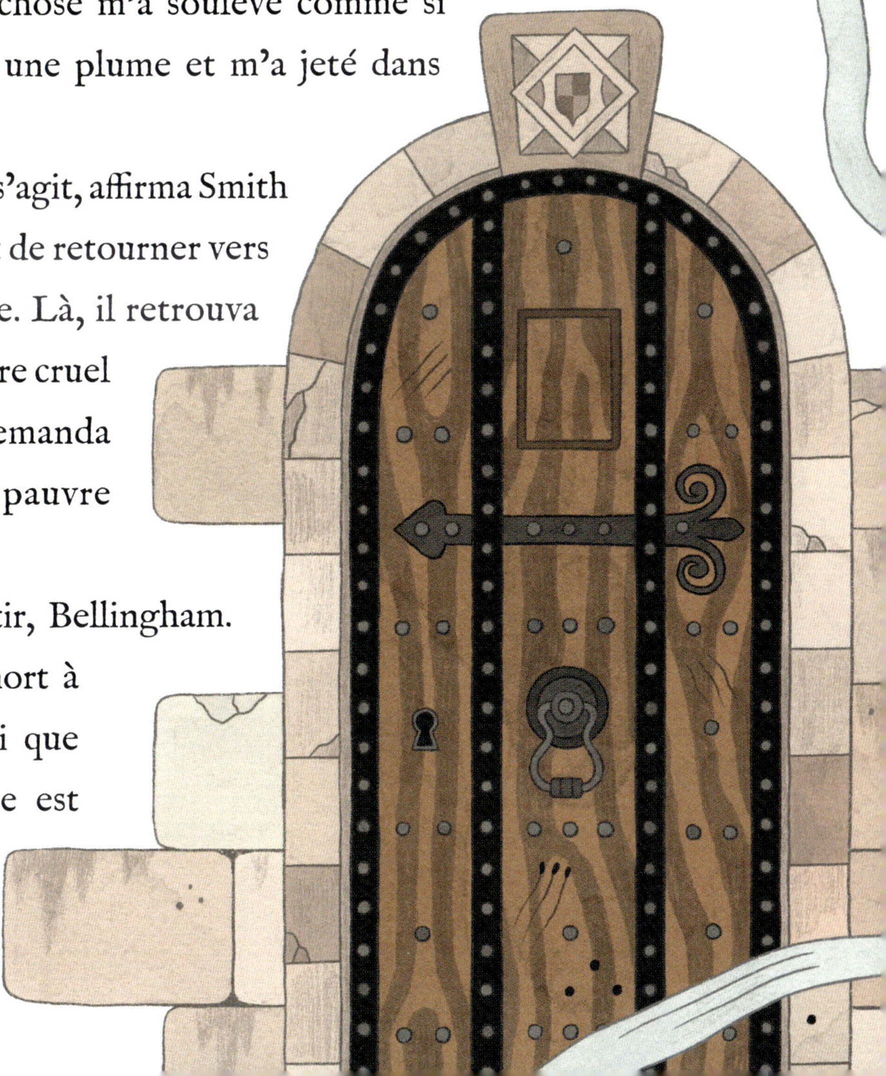

Ceci étant dit, il regagna sa chambre et en verrouilla la porte. Durant les heures qui suivirent, Smith prit la décision de libérer Oxford de la menace causée par Bellingham et ses malédictions antiques. Armé de l'un de ses scalpels, il demanda à un ami de l'accompagner à la tour et de l'attendre dans l'escalier. Puis il entra dans la pièce où Bellingham étudiait. À l'intérieur du sarcophage, placé à la verticale contre le mur, la momie se dressait, immobile. Sans un mot, Smith jeta le scalpel sur la table devant Bellingham.

– Prends ce scalpel, découpe la momie en morceaux, puis brûle-les. Tu n'as pas le choix. Tu dois mettre un terme à cette menace.

– Compris, finit par accepter l'autre.

Et, à l'aide du scalpel, il entreprit de découper l'horrible momie. Une poussière jaune et puante s'élevait du corps desséché cependant que Bellingham le taillait en pièces.

– À présent que ma relique la plus précieuse est détruite, pars ! lui ordonna Bellingham.

– Aucune chance, rétorqua Smith. Tu dois encore brûler ce qui t'a permis d'exécuter ces horribles sortilèges – le papyrus que je t'ai vu cacher ce soir-là.

– Non ! Pas ce papyrus, il est trop important ! Je t'en conjure, laisse-moi au moins le recopier ! plaida Bellingham.

Smith bondit vers le tiroir de la table, en tira le papyrus et le jeta au feu. Bellingham cria, puis s'écroula devant la cheminée en regardant les flammes dévorer son document maléfique.

Le lendemain, il aurait abandonné ses études pour partir en Afrique. Pourtant, si on y réfléchit bien, l'Égypte, terre d'origine de la momie, se trouve tout au nord de l'Afrique. Simple coïncidence ?

T

VII

LA MAISON AUX SEPT PIGNONS

Nathaniel Hawthorne

Une maison peut-elle faire trembler de peur ses habitants ? Eh bien oui, si elle est hantée, construite sur un ancien cimetière ou maudite, comme le bâtiment au cœur de notre prochaine histoire sombre : une vaste demeure, très particulière à cause de ses sept fenêtres ménagées dans le toit, et marquée par une histoire glaçante !

La famille qui y vit, héritière d'un ancêtre aussi dur que peu scrupuleux, porte depuis des générations la marque d'une malédiction jetée par un mystérieux sorcier.

Celle-ci pourra-t-elle être brisée un jour ? Découvrez-le en lisant cette histoire !

Dans une rue d'une ville de la Nouvelle-Angleterre se dressait une demeure ancestrale dont le toit comportait sept pignons percés de lucarnes, ainsi que de nombreuses cheminées. Elle appartenait à la famille Pyncheon et était connue comme « la maison aux sept pignons ».

À l'origine, un homme nommé Maule avait construit une cabane sur ce terrain ; cependant, l'un des ancêtres de la famille Pyncheon, un colonel de l'armée, était résolu à acheter cette parcelle. La dispute se poursuivit pendant des années, jusqu'à ce que le vieux Maule connaisse une fin tragique : il fut accusé de sorcellerie et condamné pour des crimes qu'il aurait commis selon la rumeur. Le colonel comptait parmi les plus fervents partisans de sa condamnation. Le jour de son exécution, Maule le regarda dans les yeux et, avant de rendre son dernier souffle, il le maudit. N'importe qui aurait été terrifié par la malédiction d'un prétendu sorcier ; mais le colonel n'était guère impressionnable et il fit ériger un vaste manoir à l'endroit précis où Maule avait vécu. Quelques jours après la fin de la construction, le colonel fut retrouvé mort à son bureau, la plume à la main ! Dès lors, la croyance selon laquelle la maison aux sept pignons était hantée par la puissante malédiction de Matthew Maule se propagea.

✠

Des années plus tard, seule une femme de la famille, Hepzibah, continuait de vivre là, jusqu'à ce qu'une jeune et belle jeune fille se présente à la porte. Il s'agissait de Phoebe Pyncheon, fille d'un cousin, qui avait décidé de quitter le domicile parental pour aller chercher l'hospitalité de sa parente la plus

proche. Dès le premier jour, Phoebe fit la connaissance tant d'un jeune artiste nommé Holgrave, qui louait une chambre sous les toits, que d'un autre invité : un homme qui n'avait plus rien de jeune, avec de longs cheveux blancs et un visage innocent. Hepzibah le présenta à la fille sous le nom de Clifford.

Dans les jours qui suivirent, la vie à la maison aux sept pignons fut illuminée par la présence radieuse de Phoebe. Holgrave était un grand bavard et, un après-midi, il lui narra l'histoire du sorcier et de la malédiction. Le lendemain, un gentilhomme élégamment vêtu, le juge Pyncheon, se présenta à la maison et expliqua à Phoebe qu'il était lui aussi un cousin et devait s'entretenir avec Hepzibah et son frère Clifford ; cependant, non seulement Hepzibah lui interdit formellement de voir son frère, mais elle lui ordonna de quitter les lieux.

Un matin, le juge Pyncheon se présenta de nouveau à la maison familiale.

– Qu'est-ce que tu fais encore ici, cousin ? demanda sèchement Hepzibah.

– Je cherche un important document ayant appartenu au colonel Pyncheon, et j'ai la certitude que Clifford sait où il est.

Pleine de colère, la femme monta frapper à la porte de son frère. Après quelques minutes d'attente, elle se décida à entrer. La pièce était vide. Lorsqu'elle redescendit au salon, son frère se tenait tout sourire face au juge, installé dans un fauteuil, le regard dans le vague. En s'approchant de lui, Hepzibah découvrit avec horreur qu'il était mort. La malédiction de la maison avait encore frappé !

Quelques heures plus tard, en revenant du village, Phoebe se rendit dans le jardin derrière la maison en s'attendant à voir Clifford se prélasser sous la pergola ; toutefois, seul Holgrave, le locataire, l'y attendait.

– Où sont-ils tous passés ? lui demanda la jeune fille.

– Il y a eu un drame… Venez ! N'ayez pas peur.

L'homme la mena alors jusqu'au salon, où la dépouille du juge était toujours assise, les sourcils froncés dans la mort.

– Le juge ! Qu'est-il arrivé ? Mes cousins n'ont tout de même pas pu l'assassiner…

Phoebe s'interrompit.

– Non, non, je pense qu'il s'agit d'une mort naturelle. Voyez-vous, je vous avais dit que l'histoire de cette famille m'intéressait, et j'en ai découvert quelques secrets. Le juge, dans sa jeunesse, était un vrai fauteur de troubles ; son oncle l'a chassé de chez lui, mais a gardé Clifford avec lui, car il l'aimait comme un fils. Un soir, le juge est revenu dans la maison pour y dérober quelque chose, mais l'oncle l'a surpris et la douleur de cette trahison l'a tué sur-le-champ. Le juge a alors accusé son cousin de ce trépas et Clifford a passé plusieurs décennies derrière les barreaux, où il a perdu la raison. Je pense qu'une maladie génétique accable les Pyncheon ; il n'y a pas de malédiction, seulement une insuffisance cardiaque. Entre le colonel et le juge, de nombreux autres membres de la famille sont morts de la sorte. Et si je suis convaincu qu'il n'y a pas de malédiction, c'est parce que je ne m'appelle pas Holgrave, mais Maule. Je suis un descendant de ce prétendu sorcier dont on parle tant.

Phoebe n'eut pas le temps d'être surprise par cet aveu, car la porte s'ouvrit alors sur ses cousins. Clifford et Hepzibah l'étreignirent fermement, et elle leur rapporta toute l'histoire qu'elle venait d'entendre. Soulagée, Hepzibah se mit à pleurer ; Clifford, en revanche, observa le portrait du colonel.

– Je m'en souviens, à présent... Quand j'étais enfant, j'ai vu que ce tableau dissimulait quelque chose...

Maule s'approcha de la toile et actionna un mécanisme, qui déplaça le tableau pour révéler un trou dans le mur. À l'intérieur reposait un vieux parchemin qui accordait aux Pyncheon un vaste territoire dans la Maine.

– L'un de mes ancêtres a construit cette maison, et le secret de cette cachette a été transmis de génération en génération.

Hepzibah et Clifford quittèrent la sinistre maison aux sept pignons et emménagèrent sur leurs nouvelles terres. Phoebe et Holgrave, ou plutôt Maule, se marièrent, mettant ainsi un terme à la malédiction du sorcier et aux supposés pouvoirs maléfiques de la demeure.

VIII

LA LÉGENDE DE SLEEPY HOLLOW

Washington Irving

Les histoires d'esprits et de fantômes sont considérées comme un passe-temps divertissant ou un moyen d'effrayer les enfants. Toutefois, force est de reconnaître que certains endroits du monde sont nimbés d'une atmosphère qui nous fait dresser les cheveux sur la tête ou nous pousse à croire qu'il existe peut-être un fond de vérité dans ces légendes.

De nombreuses personnes sont fascinées par ces récits et veulent les entendre. Mais qu'arrive-t-il lorsque vous vous retrouvez seul, de nuit, dans la forêt ? Les sinistres détails de ces histoires surnaturelles vous reviennent immédiatement à l'esprit ; le courage et la rationalité vous font défaut, des visions – impossibles à la lumière du jour – vous assaillent. C'est précisément ce qui risque de vous arriver si vous traversez la vallée de Sleepy Hollow...

✠

Dans l'État forestier et verdoyant de New York se trouvait une vallée nommée Sleepy Hollow. Là, les gens croyaient aveuglément aux contes et légendes fantastiques, aux superstitions, aux rumeurs. De toutes les visions supposées, la plus fréquente était celle d'un soldat sans tête galopant sur son cheval.

On disait de lui qu'il s'agissait d'un mercenaire ayant participé à l'une des guerres d'indépendance qui avaient jadis ébranlé la région. Cet esprit majestueux était censé quitter le cimetière où il était

enterré, se mettre en quête de sa tête sur le champ de bataille où il avait perdu la vie, puis regagner sa tombe avant l'aube.

Ce fantôme semblait hanter tous les habitants de la vallée et provoquer d'étranges situations.

Comme celle que vécut un jeune homme nommé Ichabod Crane, qui avait emménagé dans la région pour devenir le nouveau professeur de l'école locale.

Ichabod Crane adorait les histoires de fantômes et de farfadets, de sorcières et de visions qui constituaient les traditions locales. Elles le fascinaient autant qu'elles le terrifiaient. Quand il devait arpenter de nuit les chemins forestiers, en s'orientant seulement grâce aux rayons de la lune, le moindre cri ou craquement était pour lui une source de véritable terreur. Mais dès que le soleil brillait à nouveau, toutes ses terreurs nocturnes étaient rejetées dans le monde des cauchemars, et Crane retournait enseigner dans sa petite école et écouter des histoires effrayantes.

Durant l'une de ses leçons de chant, Crane rencontra la fille de l'un des plus riches agriculteurs de la vallée. Katrina Van Tassel vivait avec son père dans une ferme immense, au milieu d'un décor magnifique. Toutefois, gagner le cœur de cette fille ne semblait pas être tâche facile, loin de là. De nombreux prétendants aspiraient à conquérir le cœur de la jeune Van Tassel.

Un jour, un homme se présenta à la porte de l'école pour remettre à Crane une invitation : une fête se tenait le soir même au domicile des Van Tassel. Aussitôt, le professeur enthousiaste s'empressa d'aller revêtir son unique costume noir et coiffer ses bouclettes ; puis il emprunta un vieux cheval pour se rendre chez Katrina. À son arrivée, il vit la ferme Van Tassel pleine de convives. Tous furent invités dans une pièce pour y danser, et une musique joyeuse se mit à résonner. Après les danses vint le moment de raconter des histoires de guerre, puis des légendes d'esprits et de fantômes. Comme toujours dans ces situations, celle du chevalier sans tête fut évoquée par beaucoup. Un jeune homme nommé Brom prétendit non seulement avoir vu le cavalier, mais l'avoir défié à une course de chevaux, qu'il avait naturellement remportée avant la disparition du spectre.

La fête touchait à sa fin, et peu à peu les convives montèrent dans leurs voitures ou sur leurs chevaux pour rentrer chez eux.

Quand Crane repartit finalement sur sa monture, il suivit le cours de la rivière alors que la nuit devenait de plus en plus sombre. Les histoires de fantômes et de farfadets racontées dans la soirée se bousculaient dans son esprit ; plus il avançait, plus elles lui paraissaient réelles. Il se trouvait près d'un gros arbre lorsqu'il entendit un mugissement qui lui donna le frisson. Il se rendit alors compte qu'il s'agissait juste d'une branche soulevée par le vent. Tandis que ses craintes grandissaient, Crane arriva près d'un pont ; il encouragea son cheval à le franchir aussi vite que possible, mais l'animal s'arrêta juste devant et refusa d'aller plus loin.

À cet instant, Crane perçut un bruit de sabots, puis une silhouette noire et difforme apparut peu distinctement sur la route. Tous les poils de Crane se hérissèrent, et il éperonna de nouveau sa monture, avant de se rendre compte que le cavalier se dirigeait vers lui. Il repartit donc au trot, mais l'effroyable apparition ne changea pas d'allure.

Soudain, après avoir franchi une colline, Crane se retourna et distingua clairement son poursuivant : sur un immense coursier noir se tenait un cavalier… sans sa tête ! Celle-ci pendait au pommeau de sa selle et se cognait contre elle à chaque mouvement. Terrifié, Crane se lança au grand galop et entendit clairement l'autre en faire autant ! Alors qu'ils approchaient du dernier virage avant Sleepy Hollow, la monture de Crane fonça dans

la direction opposée, le long d'un chemin plongeant dans une vallée sablonneuse au bout de laquelle une chapelle trônait sur une colline. Crane sentit sa selle glisser peu à peu sous ses jambes. À cause des mouvements frénétiques du cheval, tout le harnais finit par dégringoler. Pour éviter de chuter à son tour, Crane enroula ses bras autour du cou de la bête. Le cavalier noir était désormais si proche qu'il lui semblait sentir l'haleine de son destrier dans son cou.

Un peu plus loin, il aperçut un pont, s'accrocha fermement à l'animal et galopa plus vite que jamais, convaincu que le fantôme ne pourrait pas le rattraper. Dans un ultime effort, le cheval se jeta à travers le pont, emmenant son voyageur terrifié de l'autre côté. Crane parvint à s'arrêter et à se retourner, espérant constater la disparition de l'horrible spectre. Toutefois, le cavalier galopait toujours à pleine vitesse ; il attrapa la tête et la fit tournoyer avant de la jeter sur Crane de toutes ses forces.

Le malheureux professeur la reçut sur le crâne et tomba à terre.

Le lendemain, le propriétaire du cheval trouva sa bête en train de paître paisiblement près de l'enclos. Le professeur ne se présenta pas à l'école et ne rentra pas chez lui le soir suivant. Certains résidents de Sleepy Hollow se mirent à le chercher ; au niveau de la courbure du ruisseau, ils découvrirent une selle piétinée et malmenée, puis le chapeau de Crane, couvert de poussière.

Près du pont de l'église se trouvait une citrouille écrasée, mais aucun signe du professeur. Toute la communauté de Sleepy Hollow fut ébranlée par sa mystérieuse disparition, et ils se servirent une fois de plus des histoires de fantômes et de farfadets qui animaient la vallée pour expliquer l'événement. Selon eux, le professeur avait été enlevé par des êtres surnaturels et son école abandonnée était toujours hantée par son fantôme ne parvenant pas à trouver le repos.

Pensez-vous qu'ils se trompaient ?

IX

LES PIRATES FANTÔMES

William Hope Hodgson

Quelles horreurs la mer peut-elle receler ? Des requins, des tempêtes... ou un monstre géant aux tentacules pareils à ceux du kraken. Quand on s'imagine un lieu plein de mystères, on pense immédiatement à un château abandonné ou à une épaisse forêt sous la pleine lune, pas à une étendue d'eau placide. Pourtant, cette histoire prouve que les profondeurs océanes peuvent dissimuler des menaces surnaturelles à ne pas sous-estimer, erreur qu'ont commise les personnages les ayant rencontrées.

Lorsqu'on s'engage pour une longue traversée maritime, mieux vaut se tenir prêt avant le départ. Alors, enfilez vos gilets de sauvetage et préparez-vous à une histoire pleine d'ombres et d'eau de mer !

✠

Dans le port de San Francisco mouillait un navire baptisé *Mortzestus*. La rumeur le disait très malchanceux ; plus d'une fois avait-il perdu sa cargaison ou essuyé une tempête durant la traversée. Un homme nommé Jessop et qui venait de rejoindre l'équipage avait entendu de sinistres racontars au sujet du *Mortzestus*. Apparemment, celui-ci était hanté par des fantômes. Un seul autre marin semblait prendre ces dires très au sérieux : le vieux Williams.

– D'étranges choses surviennent à bord de ce navire, dit-il. Lorsque les voiles sont repliées le soir, on les retrouve déployées au matin. Et sur le pont... il y a trop d'ombres, beaucoup trop !

Jessop fut très impressionné par les histoires du vieil homme, mais quand le navire leva l'ancre le lendemain, un vent puissant l'accompagna toute la journée sur l'océan, lui permettant une navigation rapide et sans heurts. Et ainsi, Jessop aussi se mit à juger ces rumeurs infondées.

Après des semaines de voyage, cependant, il se produisit quelque chose : alors que Jessop se tenait à tribord pour son quart de nuit, il crut voir un homme escalader le côté de la coque. Frissonnant, le marin s'approcha du parapet mais ne distingua rien de mieux que les ténèbres en contrebas, à l'exception du contour des cordages et des gréements. Toutefois, à cet instant, il comprit parfaitement les paroles qui lui avaient été chuchotées avant le départ : il y avait bien trop d'ombres, de nuit, sur ce navire !

Depuis lors, Jessop se mit à croire que ces ombres furtives n'étaient pas des illusions ni les rêves de marins s'assoupissant durant leurs longues vigies nocturnes, mais bien des présences malignes et menaçantes.

Un matin, le commandant en

second remarqua qu'une voile avait été déferlée pendant la nuit ; aussitôt, un marin, Tom, fut envoyé au sommet de l'un des mâts pour l'attacher. Et alors qu'il se trouvait loin au-dessus du pont, les matelots qui l'observaient constatèrent qu'une bourrasque subite agita la voile, précipitant l'homme dans le vide. Jessop courut à fond de train jusqu'à se retrouver à l'aplomb du mât, auquel Tom était suspendu : un morceau de cordage s'était enroulé autour de son poignet, lui épargnant ainsi une mort certaine. Furieux, le commandant en second courut réclamer des explications.

– Jessop, que s'est-il passé ?

– Tom est tombé, mon commandant. Une bourrasque a gonflé la voile contre lui, le précipitant dans le vide, répondit le marin.

– Ne dis pas n'importe quoi, il n'y a pas un souffle d'air ! commenta l'officier avec humeur.

Une autre nuit, le quart de vigie avait commencé paisiblement,

mais bientôt le second ordonna à Jessop et à un autre marin de grimper à l'un des mâts pour attacher une nouvelle voile déferlée.

Alors qu'il s'approchait du mât concerné, Jessop sentit une sueur froide lui ruisseler dans le dos.

Ils se mirent à grimper et, une fois à mi-hauteur, ils remarquèrent qu'un peu plus haut, un autre membre de l'équipage remuait convulsivement en produisant des râles étranglés. Le commandant en second, demeuré sur le pont, essaya d'éclairer la scène du mieux possible. Jacobs – tel était son nom – semblait lutter désespérément contre un être invisible.

Courageusement, les deux marins aidèrent leur compagnon à descendre et l'escortèrent jusqu'à la cabine, où il continua de trembler silencieusement sous ses couvertures. Mais dès qu'ils retournèrent sur le pont, ils découvrirent que deux autres hommes étaient tombés à l'eau sur l'autre bord de la goélette. Une peur glaçante se propagea à tout l'équipage, qui se réunit sur le pont en compagnie du commandant et de ses officiers. Incrédules, tous durent reconnaître que quelque chose de terrible les menaçait, ne leur laissant aucune échappatoire.

Au lever du jour, après une touchante oraison funèbre prononcée par le commandant, on fit glisser les dépouilles à la mer. À l'instant où le dernier corps disparut, une ombre sombre sembla se rapprocher de la surface.

– Je-Jessop, bredouilla le mousse, qu'est-ce que c'est ?

– On dirait une grosse ombre, l'ombre... d'un vaisseau émergeant des profondeurs.

✠

La nuit suivante fut digne des pires cauchemars. Un brouillard gris s'éleva de la mer le long des bords du navire, et lorsqu'il atteignit le pont, il se divisa en êtres d'ombres, clairement identifiables. Il s'agissait de pirates fantômes, qui se jetèrent sur les marins terrifiés. Jessop, qui se trouvait près de la barre, se cacha et tendit l'oreille, tremblant au son des hurlements de ses compagnons qui tentaient de se défendre. Après avoir éliminé tous les autres hommes du vaisseau, les fantômes grimpèrent aux mâts et déployèrent les voiles. Puis, poussé par le vent, le bâtiment se mit à avancer - non pas vers l'horizon, mais vers les profondeurs de l'océan. Il s'inclina, puis plongea complètement, emportant tout son chargement.

Seul Jessop, qui avait bondi de sa cachette au dernier moment pour plonger dans l'eau, se retrouva à nager à la surface, épuisé, et ne put qu'observer passivement la disparition du *Mortzestus*.

Le brouillard qui entourait le bateau depuis des jours avait empêché l'équipage de voir un voilier non loin, qui, depuis un bon moment, signalait sa présence sans recevoir de réponse. Tous les hommes de cet équipage avaient assisté à l'apparition de ce terrible brouillard gris et entendu les hurlements des marins, avant de voir le *Mortzestus* sombrer dans les flots comme de son propre gré. Le pauvre Jessop fut secouru et placé en sécurité sur ce navire. Il savait au fond de lui que personne ne croirait jamais à ce qui leur était arrivé, à lui comme à l'équipage du *Mortzestus*.

X

HÄNSEL ET GRETEL

Jacob et Wilhelm Grimm

Mieux vaut se méfier des bonbons et autres sucreries laissés sans surveillance : les manger pourrait s'avérer fatal ! Si les pâtisseries ou autres sucettes délicieusement colorées peuvent nous faire envie, il convient toutefois de se demander à qui elles appartiennent avant de tendre la main vers elles. Ne jamais rien accepter de la part d'un inconnu ! Dans le passé, cette leçon capitale était inculquée aux enfants à l'aide d'une histoire macabre et effrayante depuis devenue très célèbre. Peut-être l'avez-vous déjà entendue vous aussi, sous la forme d'un conte. Mais l'histoire d'origine est bien plus terrifiante. Serez-vous assez courageux pour la lire et découvrir les atroces détails jamais racontés aux tout-petits ?
Réfléchissez-y avec soin, car vous pourriez bien... perdre l'appétit.

✠

Dans une petite cabane en lisière de forêt vivait un bûcheron avec son épouse et leurs deux enfants. L'homme était très pauvre et, durant les hivers longs, froids et impitoyables, il n'avait jamais de quoi nourrir sa progéniture. Il ne pouvait pas dormir tant il était inquiet, si bien qu'il tournait et virait dans son lit sans jamais trouver le repos.

– Mon cher mari, lui dit un jour sa femme. Demain, nous devrons accompagner les enfants dans la futaie la plus dense, allumer un feu et leur laisser un croûton de pain. Puis nous les abandonnerons à leur destin en espérant qu'ils aient de la chance, car nous ne pouvons plus les nourrir.

En entendant ces mots, le cœur du bûcheron se serra.

– Je ne pourrais jamais abandonner mes petits ; les bêtes les réduiraient en pièces en un rien de temps !

Sa femme, toutefois, se montra inflexible, et elle finit par le convaincre. Les parents n'avaient cependant pas conscience que, dans le plus grand secret, les enfants avaient épié leur conversation. Hänsel et Gretel – tels étaient leurs noms – savaient ce qu'il arriverait le lendemain. La petite Gretel se mit à pleurer silencieusement et fut réconfortée par son frère.

– N'aie pas peur, Gretel, je trouverai le moyen de nous ramener à la maison.

À l'aube, la famille partit dans les bois. Hänsel le rusé semait des miettes de pain derrière lui afin de retrouver son chemin.

Malheureusement, au cours de la journée, les oiseaux avaient mangé toutes les miettes, si bien que, lorsque leurs parents les abandonnèrent, Hänsel et Gretel se perdirent pour de bon. Ils marchèrent toute la nuit parmi les arbres et, alors que leurs ventres grondaient de faim, ils finirent par apercevoir une petite maison dans une clairière. Stupéfaits, ils se rendirent compte que le toit était en pâtisseries, pas en tuiles, et que les fenêtres étaient faites de sucre transparent. Les enfants affamés se jetèrent sur la maisonnette délicieuse, mais après quelques bouchées, ils entendirent une voix fluette venir de l'intérieur.

– Qui mange ma maison ?

Une vieille dame bossue pointa le nez dehors ; les enfants, terrorisés, restèrent figés sur place.

– Entrez, entrez, mes petits ! Je vais vous préparer un bon repas ! promit la vieille dame en leur tendant la main.

Hänsel et Gretel acceptèrent de la suivre, et la femme mijota un savoureux souper. Pauvres enfants ! Ils ignoraient qu'ils venaient d'atterrir dans la demeure d'une sorcière maléfique.

Alors que le frère et la sœur dormaient, la vieille sorcière enferma Hänsel dans une cage minuscule, où le garçon se réveilla.

Depuis lors, Gretel fut contrainte de cuisiner des sucreries pour le pauvre Hänsel, engraissé dans sa cage

– Mets ton doigt entre les barreaux et laisse-moi vérifier ! disait la sorcière avant de pincer l'index du pauvre enfant.

Mais Hänsel, rusé comme un renard, profitait de la mauvaise vue de la sorcière pour lui tendre un petit os ; elle s'y laissait prendre chaque fois. Au bout d'une semaine, elle finit cependant par perdre patience et dit à Gretel :

– Allez, petite, viens m'aider avec le four. Avant de faire cuire ton frère, j'aimerais préparer mon pain.

– Et si vous me montriez comment faire ? suggéra Gretel.

La sorcière plongea la tête à l'intérieur du four. Aussitôt, Gretel la poussa de toutes ses forces et ferma la porte à l'aide d'un verrou, si bien que la vieille dame se retrouva enfermée et brûlée vive.

Gretel s'empressa d'aller libérer Hänsel, et ils tombèrent dans les bras l'un de l'autre en pleurant de soulagement. Avant de quitter les lieux, ils remplirent leurs poches d'or et de joyaux piochés dans le trésor de la sorcière, puis s'enfuirent aussi vite qu'ils le purent.

Quand ils retrouvèrent enfin le chemin de leur cabane, Hänsel et Gretel découvrirent le bûcheron seul, car leur mère était morte.

L'homme les accueillit, au comble de la joie. Depuis qu'il les avait abandonnés, pas un jour ne s'était écoulé sans qu'il pense à eux.

Grâce au butin rapporté de chez la sorcière, ils eurent enfin beaucoup d'argent, et les enfants et leur père ne souffrirent plus jamais de la faim. Ils se méfieront à tout jamais d'une maison en bonbons, vous ne croyez pas ?

FIN

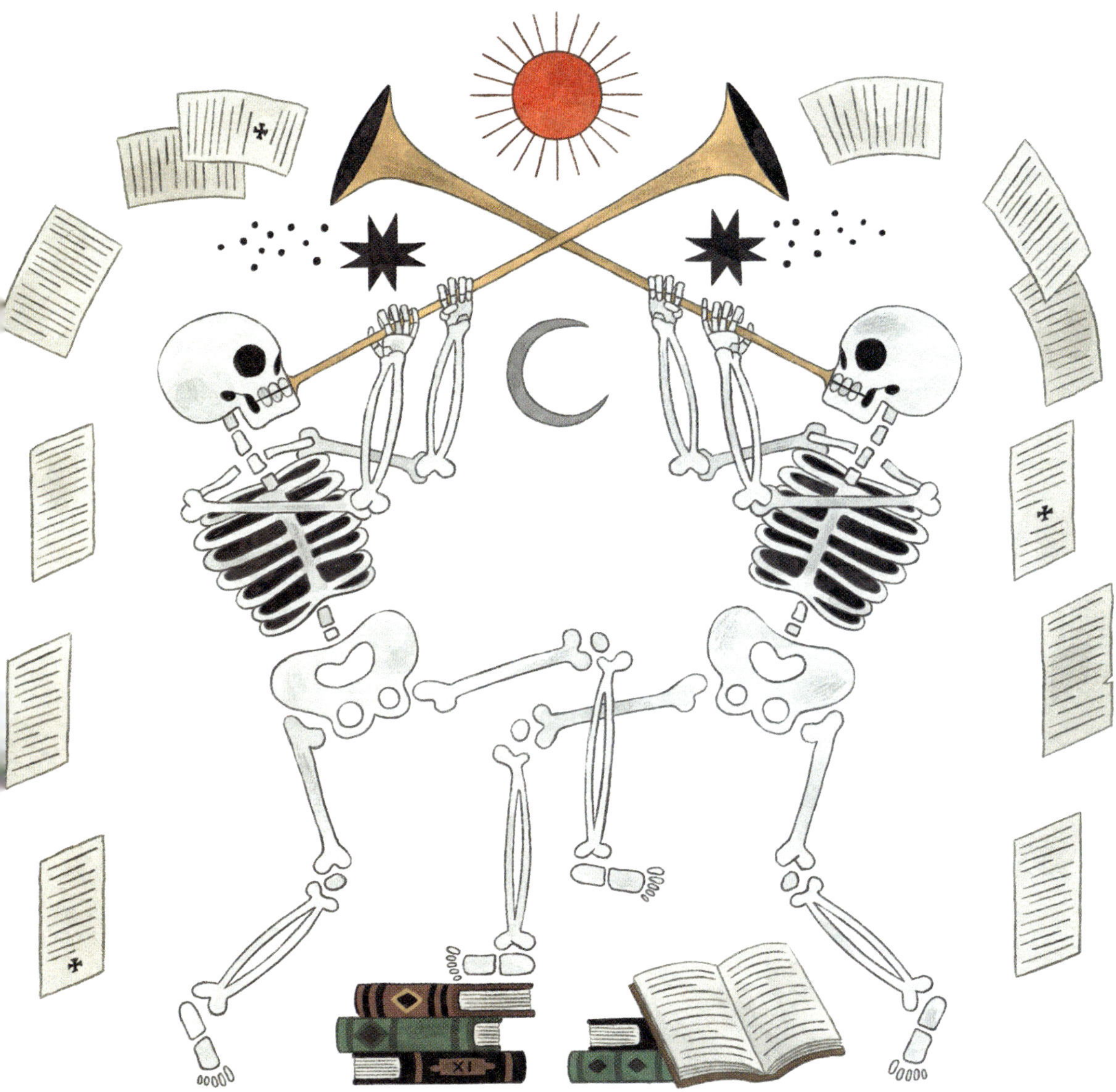

VICTOR MEDINA

Victor Medina est un illustrateur indépendant vivant à Madrid, en Espagne, où il a obtenu un diplôme de design à l'université Complutense. Le style de Victor mélange l'emploi de la géométrie et de la couleur avec ses principales influences : l'art déco, l'époque victorienne et les dessins et illustrations des années 1950. Il a remporté le Applied Arts Young Blood Illustration Award ainsi que le Prix de la critique Serra d'Or.

Classic Scary Tales

Piazzale Luigi Cadorna, 6
20123 Milan, Italy
www.whitestar.it

Pour l'édition française

21, rue du Montparnasse – 75006 Paris, France

Direction de la publication : Sophie Chanourdie
Responsable artistique : Mélissa Chalot
Maquette : Léa Boutet
Relecture : Élise Vincent
Fabrication : Rebecca Dubois

ISBN : 978-2-03-606287-0
Imprimé en France par Pollina
Dépôt légal : octobre 2024
Code 337432-01/11056423 – juillet 2024

Conforme à la loi n° 49-956 du 16 juillet 1949 sur les publications destinées à la jeunesse.

PAPIER CERTIFIÉ

LAROUSSE s'engage pour l'environnement en réduisant l'empreinte carbone de ses livres. Celle de cet exemplaire est de :
700 g éq. CO_2
Rendez-vous sur www.larousse-durable.fr